致所有爱我们的父母和所有需要我们爱的孩子。

特别致谢编辑迈克尔·格林，他赋予了这本书的生命活力。

——玛丽安·库西玛诺·拉芙


致安·B和朱迪思·E。

——市川里美

"你是我的" 系列

# 你是我的爱

[美] 玛丽安·库西玛诺·拉芙　文

[日] 市川里美　图

焦东雨　译

SPM
南方出版传媒
新世纪出版社
·广州·

我是你的爸爸，

　　　你是我的小宝宝。

我是你安心的怀抱，

　　　你是我的小淘气，活蹦乱跳。

我是你淡定的脸庞，

　　你是我不绝于耳的咯咯笑声。

我是你的耐心等一等，

　　你是我的扭来扭去，不消停。

我是你的皇家马车，

你是我的御驾亲征。

我是你的秋千架，

你是我总想用脚尖触到的天空。

我是你的忠实观众，

　　你是我的开心宝。

我是你不倒的伦敦桥，

　　你是我念念不忘的童谣。

我是你的胡萝卜条，

　　你是我的甘草糖。

我是你的蒲公英，

　　你是我许下的第一个愿望。

我是你的游泳圈，

　　你是我在深水区的怦怦心跳。

我是你张开的双臂，

　　你是我迎面扑来的拥抱。

我是你归途的旧风景，

你是我总想开辟的新路线。

我是你温柔包裹的毛毯，

你是我的水里撒欢儿。

我是你的美味佳肴，

　　你是我的巧克力蛋糕。

我是你的"上床时间到"，

　　你是我的瞪着大眼，就不睡觉。

我是你的终点线，

　　　你是我的竞跑赛道。

我是你合十的双手，

　　　你是我的虔诚祈祷。

PETIT
PRINCE
TEO

我是你反反复复看的一本书，

　　你是我读到的新诗，意味深远。

我是你的小夜灯，柔和温暖，

　　你是我的星光闪闪。

我是你的摇篮曲，

你是我的被窝山游戏。

我是你的晚安吻，

　　你是我的我爱你。

图书在版编目（CIP）数据

"你是我的"系列. 你是我的爱 / (美) 玛丽安·
库西玛诺·拉芙文；(日) 市川里美图；焦东雨译. ——
广州：新世纪出版社, 2019.8 (2020.5 重印)
ISBN 978-7-5583-2202-0

Ⅰ.①你… Ⅱ.①玛… ②市… ③焦… Ⅲ.①儿童故
事—图画故事—美国—现代 Ⅳ.①I712.85

中国版本图书馆CIP数据核字(2019)第135993号

版权登记号：19-2019-110

蒲蒲兰绘本馆

"你是我的"系列
NI SHI WO DE AI

你是我的爱

[美]玛丽安·库西玛诺·拉芙 文 [日]市川里美 图
焦东雨 译

出版人：姚丹林
责任编辑：李世文 庄淳楦
责任技编：陈静娴
特约编辑：陈萌

出版发行：新世纪出版社（510102
广州市东湖路152号）
经销：新华书店
印刷：鸿博昊天科技有限公司
开本：889mm × 1194mm 1/16
印张：2.5
字数：31千
版次：2019年8月第1版
印次：2020年5月第2次印刷
定价：36.00元